CB009348

OXALÁ

o grande pai que olha por todos

CICI DE OXALÁ

Ilustrações de Breno Loeser

Todos os direitos reservados © 2024

É proibida qualquer forma de reprodução, transmissão ou edição do conteúdo total ou parcial desta obra em sistemas impressos e/ou digitais, para uso público ou privado, por meios mecânicos, eletrônicos, fotocopiadoras, gravações de áudio e/ou vídeo ou qualquer outro tipo e mídia, com ou sem finalidade de lucro, sem a autorização expressa dos autores.

Coleção Orixás para Crianças

Direção editorial: Diego de Oxóssi
Coordenação: Kemla Baptista
Projeto gráfico: Breno Loeser
Fotografia "Cici de Oxalá" por Alexandre San Goes
Dedicatória Cici de Oxalá: livro Notas sobre o culto aos Orixás e Voduns (Pierre Verger)

Acesse e descubra: www.orixasparacriancas.com.br

Dados Internacionais de Catalogação na Publicação (CIP) de acordo com ISBD

C568o	Oxalá, Cici de (Nancy de Souza)
	Oxalá: o grande pai que olha por todos / Cici de Oxalá (Nancy de Souza); [ilustrações] Breno Loeser; [coordenação] Kemla Baptista - 1ª ed. - São Paulo: Arole Cultural, 2024. - (Orixás para crianças; 6)
	ISBN 978-65-86174-35-9
	1. Literatura infantil. 2. Mitologia africana e afro-brasileira. 3. Candomblé. 4. Umbanda. I. Baptista, Kemla. II. Loeser, Breno. III. Título. IV. Série
	CDD 028.5
	CDU 82-93

Elaborado por Vagner Rodolfo da Silva - CRB-8/9410

Índice para catálogo sistemático:
1. Literatura infantil 028.5
2. Literatura infantil 82-93

CICI DE OXALÁ
O TU KOKO ALA F(UN) ỌMỌ TỌRẸ
ELE DESATA SEU VÉU BRANCO E O DÁ DE PRESENTE À CRIANÇA.

BRENO LOESER
PARA LUIZA DE OXAGUIÃ

APRESENTAÇÃO

Há coisa melhor do que ouvir uma história contada por uma avó? Eu desconfio que não há.

O tom da voz, o tempo manso ao narrar... Agora, imagine ouvir histórias de uma avó que é avó de muita gente pequena e grande também? Melhor ainda, não é?

Foi esta a experiência que tive há alguns anos. Sentada no chão, ouvindo a nossa agbá - como chamamos as senhoras mais velhas do Candomblé - Vovó Cici de Oxalá, ela me contou esta história que vocês lerão nas próximas páginas. E quando a ouvi eu entendi o quanto é bom ter a certeza que Oxalá cuida de todos nós neste mundo.

O livro Oxalá, o grande pai que olha por todos, agora em suas mãos, nos dá a oportunidade de entrar em contato com um pouco do imenso conhecimento ancestral de Vovó Cici. Ao ler a história de como Oxalá foi ajudado pela Aranha para poder seguir sua missão de ajudar aos necessitados na Terra, você e sua família sentirão como se estivessem ao redor dela, em uma roda de histórias no quintal encantado da Fundação Pierre Verger em Salvador/BA.

Com este reconto de um itan - como chamamos os mitos e lendas dos Orixás -, a querida filha do "Pai Maior" nos dá a oportunidade de nos conectarmos à infinita grandeza do nosso Pai Oxalá. Uma conexão profunda, verdadeiramente mais relevante do que as conexões na teia da comunicação digital que vemos e utilizamos nos tempos atuais.

Para além do mito, a narrativa de uma das mais sábias contadoras de histórias que conheço nos leva à reflexão e permite compreendermos, uma vez mais, a importância do apoio mútuo e da humildade em reconhecermos quando precisamos de ajuda - assim como da coragem em pedi-la e aceitá-la.

Da mesma maneira, o mergulho em suas palavras nos faz, ainda, entender que mesmo os maiores desafios podem ser enfrentados e superados com resignação e paciência - atributos típicos de Oxalá, o mais velho de todos os Orixás, que conhece a sabedoria do tempo e o tempo da vida.

Viva a grandeza de Oxalá!

Viva a nossa grande mestra da tradição oral!
Viva nossa agbá!
Viva nossa Vovó Cici de Oxalá!

Epa Babá!

KEMLA BAPTISTA
Equede e Apetebi de Orunmila
Escritora, contadora de histórias e apresentadora de TV
Criadora do @cacandoestorias e @casadoofa
Coordenadora da Coleção Orixás para Crianças
Autora de "A Festa da Cabeça"

CONTAM OS ANTIGOS QUE UMA VEZ POR SEMANA **OXALÁ** VINHA DO **ORUN** PARA O **AIYE** VISITAR OS SEUS FILHOS NA TERRA E VER O QUE ELES ESTAVAM PRECISANDO. E ELE VINHA SEMPRE NO MESMO DIA...

SEXTA-FEIRA,
O DIA DE **OXALÁ!**

OXALÁ VISITAVA A TODOS PARA VER SE ESTAVAM BEM E AJUDAR OS QUE ESTAVAM EM DIFICULDADES.

OS QUE PRECISAVAM DE UM REMÉDIO. OS QUE PRECISAVAM DE UMA PALAVRA.

10

QUALQUER COISA QUE SEUS FILHOS PRECISASSEM, **OXALÁ** VINHA DISPOSTO A AJUDAR. E TODA VEZ, ANTES DE DESCER DO **ORUN** PARA O **AIYE**, ELE FAZIA **EBÓ** – UMA OFERENDA COMO AGRADO PARA AS OUTRAS FORÇAS DA NATUREZA.

11

NUM DESSES DIAS, OXALÁ DESCEU MAIS APRESSADO QUE O NORMAL, POIS SABIA QUE MUITOS FILHOS PRECISAVAM DE SUA AJUDA, E ESQUECEU DE FAZER A OFERENDA. MAS, AO CHEGAR AO AIYE, PERCEBEU QUE TUDO ESTAVA MUITO SILENCIOSO E VAZIO.

OXALÁ ESTRANHOU, MAS SEGUIU SUA JORNADA ATÉ QUE, NA CURVA DE UM DOS CAMINHOS, SETE MENINOS SAÍRAM POR DETRÁS DAS ÁRVORES

'UFFFF...", ELES FIZERAM, DANDO UM SUSTO NO PAI DA CRIAÇÃO.

OXALÁ RESPIROU FUNDO E OBSERVOU OS SETE MENINOS SAÍREM CORRENDO, TODOS DE CABELINHOS PARA CIMA PARECENDO LABAREDAS, COM FOGUINHOS E BRASINHAS.

QUAL NÃO FOI SUA SURPRESA QUANDO,
AO TENTAR SEGUIR SEU CAMINHO,
OS **SETE MENINOS** COMEÇARAM
A PULAR EM SUA FRENTE.

OXALÁ CAMINHAVA PARA UM LADO,
OS **MENINOS** IAM NA MESMA DIREÇÃO.

TENTAVA IR PARA O OUTRO,
OS **MENINOS** TAMBÉM IAM...

15

OS **MENINOS** TENTAVAM JOGAR **OXALÁ** NO CHÃO, EMPURRAVAM ELE, PUXAVAM SUA ROUPA, DANÇAVAM NA FRENTE DELE, RODAVAM AO SEU REDOR, ATÉ QUE ELE PARASSE, COM A MAIOR PACIÊNCIA.

ÀS VEZES IAM EMBORA, MAS QUANDO MENOS ESPERAVA, APARECIAM NOVAMENTE.

OXALÁ TENTAVA AGRADAR OS **MENINOS**,
OFERECENDO DOCES E CANJICA BRANCA
– O **EBÔ**, SEU PRATO PREFERIDO...

MAS NÃO TINHA O QUE FIZESSE
OS **MENINOS** SAÍREM DA FRENTE DELE!

POR UM MOMENTO, LONGE DA PRESENÇA DOS SETE MENINOS, OXALÁ FICOU TRISTE E PENSOU QUE DEVERIA VOLTAR PARA O ORUN, POIS NAQUELE DIA ELE NÃO CONSEGUIRIA CUMPRIR A MISSÃO DE CUIDAR DOS SEUS FILHOS NO AIYE.

ATÉ QUE VIU UMA ENORME ARANHA
TECENDO UMA TEIA TÃO GRANDE,
MAS TÃO GRANDE, QUE OXALÁ
NUNCA TINHA VISTO ANTES.

19

OXALÁ SE APROXIMOU DELA DEVAGARINHO E DISSE: BOM DIA, SENHORA ARANHA.

A ARANHA, RECONHECENDO O PAI DA CRIAÇÃO, RESPONDEU: A BENÇÃO, MEU PAI.

E ELE DISSE: SEJA ABENÇOADA, MINHA FILHA. FAZENDO SUA TEIA, NÉ?

A ARANHA, QUE TECIA INCANSAVELMENTE, OLHOU PARA OXALÁ E DISSE: O SENHOR PARECE MUITO CANSADO, MEU PAI. O QUE HOUVE?

OXALÁ SENTOU EM UMA PEDRA NO CHÃO E RESPONDEU:

ESTOU MUITO CANSADO MESMO.

VIM DO ORUN PARA AJUDAR AS PESSOAS, VER QUEM ESTÁ PRECISANDO DE MIM...

MAS POR TODO O CAMINHO SETE MENINOS DOS CABELOS DE FOGO FICAM EM MINHA VOLTA E ATRAPALHAM MINHA JORNADA, TENTAM ME JOGAR NO CHÃO, PULAM E EU NÃO CONSIGO IR ADIANTE.

A **ARANHA**, PREOCUPADA COM **OXALÁ**, DISSE:

AS PESSOAS NO **AIYE** PRECISAM DO SENHOR, E EU POSSO LHE AJUDAR! SENTE AÍ MESMO ONDE O SENHOR ESTÁ!

DE REPENTE ELA VOLTOU A TECER SUA TEIA, AGORA MAIOR E AINDA MAIS BRANCA DO QUE ANTES. UMA TEIA ENORME E MUITO FECHADA, ESCONDENDO **OXALÁ** COMO SE ESTIVESSE DENTRO DE UM CASULO QUE SE UNIA À TEIA ORIGINAL. QUANDO TERMINOU DE ESCONDÊ-LO, A **ARANHA** SEGUIU TRABALHANDO, COM AMOR E PACIÊNCIA.

ATÉ QUE, DE REPENTE, OUVIU UMA PORÇÃO DE RISADAS E PERCEBEU QUE OS **SETE MENINOS** SE APROXIMAVAM DELA.

– BOM DIA, SENHORA ARANHA.
– BOM DIA, MENINOS.

– A SENHORA VIU UM VELHINHO PASSAR POR AQUI?
– COMO QUE ELE ERA?

— ERA BEM VELHINHO E TINHA UMA BENGALA COM UM PÁSSARO NA PONTA.

— AH, EU VI, SIM! ELE PASSOU POR AQUI!

— E A SENHORA SABE DIZER QUE CAMINHO ELE TOMOU?

— EU SEI, SIM.

— E PRA ONDE ELE FOI?

27

PARANDO DE TECER, A **ARANHA** APONTOU PARA UM CAMINHO LONGE, E DISSE: ELE FOI PRA LÁ, MAS JÁ TEM TANTO TEMPO QUE DEVE ESTAR MUITO, MUITO LONGE.

OS **MENINOS** OLHARAM UM PARA O OUTRO, PREOCUPADOS, ATÉ QUE UM DISSE:

– ENTÃO VAMOS EMBORA LOGO! DAQUI A POUCO VAI ESCURECER E NÃO VAMOS MAIS ACHAR ELE. VAMOS, VAMOS EMBORA!

E SAÍRAM CORRENDO PELA FLORESTA, TREMENDO SEUS CABELOS DE FOGO, GRITANDO E GARGALHANDO.

A **ARANHA** VOLTOU AO SEU TRABALHO ATÉ VÊ-LOS SUMIREM NO HORIZONTE, QUANDO ENTÃO CORTOU O CASULO EM QUE PROTEGERA **OXALÁ** E DISSE:

– MEU PAI, O SENHOR JÁ PODE SAIR. ELES SE FORAM, JÁ ESTÃO MUITO LONGE E NÃO VÃO VOLTAR!

OXALÁ, APOIANDO-SE EM SUA BENGALA – O OPAXORÔ – LEVANTOU-SE DEVAGARINHO DA PEDRA ONDE ESTAVA SENTADO, OLHOU PARA ARANHA E DISSE:

MUITO OBRIGADO, SENHORA ARANHA, MUITO OBRIGADO! QUE O SEU TRABALHO SEJA ABENÇOADO, E QUE TODAS AS PESSOAS QUE TRABALHAREM COMO VOCÊ SEJAM FELIZES E PRÓSPERAS.

A ARANHA VOLTOU A CUIDAR DE SUA TEIA E OXALÁ, ENTÃO, SEGUIU O SEU CAMINHO. BAIXINHO, ELE A OUVIU CANTAROLAR:

ARAIYE, BABA UM JEJE, BABA MORI O!

OUVINDO A CANTIGA DA ARANHA EM SUA HOMENAGEM, POR UM MOMENTO OXALÁ OLHOU PARA O UNIVERSO AO SEU REDOR, SORRIU E PENSOU:

AGORA POSSO SEGUIR EM PAZ E AJUDAR A TODOS OS QUE PRECISAM DE MIM!

ARAIYE, Ó POVO DA TERRA...
BABA MORI Ô, SEU PAI ESTÁ OLHANDO!

35

VAMOS CONTINUAR ESSA HISTÓRIA?

ACESSE O SITE
AROLECULTURAL.COM.BR/OXALA-INFANTIL OU
USE O LEITOR DE QR CODE DO SEU CELULAR E
OUÇA VOVÓ CICI CANTAR PARA OXALÁ

CICI DE OXALÁ

Egbon do Ilê Axé Opô Aganju, mestra griô, contadora de histórias sobre a diáspora africana com enfoque na cultura afro religiosa, já se apresentou em diversas universidades da Europa, África, Ásia e América do Norte. Autora do livro Cozinhando Histórias (sobre a mitologia dos pratos da culinária africana), atua na Fundação Pierre Verger com o público infantil e pesquisadores.

BRENO LOESER

é ilustrador, artista, designer
e mestre em Ciências da Religião
pela UFS – Univesidade Federal
de Sergipe. Atua em uma fintech,
além de freelancer na área
de branding, editorial e arte.
Também coordena sua
loja virtual, a brenoloeser.com,
com peças assinadas
e reproduções em fine art.
É filho de Logunedé e amante
das coisas boas da vida.

direção editorial
DIEGO DE OXÓSSI

coordenação
KEMLA BAPTISTA
DIEGO DE OXÓSSI

texto
CICI DE OXALÁ

capa, projeto gráfico e diagramação
BRENO LOESER

ESTE LIVRO FOI PUBLICADO EM SUA PRIMEIRA EDIÇÃO EM DEZEMBRO DE 2024, CELEBRANDO A ESPIRITUALIDADE E A ANCESTRALIDADE AFRICANAS NO BRASIL.